VENTE

Après le décès de M. le Baron M...

HOTEL DROUOT, SALLE N° 2

Le Jeudi 24 Avril 1890, à 3 heures 1/2

TABLEAUX ANCIENS

Œuvre de premier ordre, par RIBÉRA

PORTRAIT DE FEMME, PAR NATTIER

ET AUTRES ŒUVRES REMARQUABLES

Sculptures par FRANCESCHI et D'ÉPINAY

BEAUX MEUBLES ET BRONZES

RICHES SIÈGES ET TENTURES

Exposition publique

Le Mercredi 23 Avril 1890, de 1 heure 1/2 à 5 heures 1/2

et le jour de la Vente de 1 heure à 3 heures

COMMISSAIRES-PRISEURS :

Mᵉ Raoul CAVEROC | Mᵉ THOUROUDE

Rue de Chateaudun, 17   Rue Le Peletier, 37

Expert : M. B. LASQUIN, rue Laffitte, 12

PARIS — 1890

IMPRIMERIE MAULDE et RENOU

———

A. MAULDE & Cie

IMPRIMEURS DE LA COMPAGNIE DES COMMISSAIRES-PRISEURS

Rue de Rivoli, 144. — Paris

CATALOGUE

DE QUELQUES

TABLEAUX ANCIENS

Œuvre de premier ordre, par RIBÉRA

PORTRAIT DE FEMME, PAR NATTIER

ET AUTRES ŒUVRES REMARQUABLES

Sculptures par FRANCESCHI et D'ÉPINAY

BEAUX MEUBLES

Riches Siéges et Tentures en soie brochée, Bronzes d'ameublement
Pendules et Candélabres
Lustres Directoire, Objets divers, Tapis

DÉPENDANT DE LA SUCCESSION DE M. LE BARON M...

DONT LA VENTE AURA LIEU

PAR SUITE DE DÉCÈS

HOTEL DROUOT, SALLE N° 2

Le Jeudi 24 Avril 1890

A TROIS HEURES ET DEMIE

PAR LE MINISTÈRE DE

Mᵉ Raoul CAVEROC	Mᵉ THOUROUDE
COMMISᵗᵉ-PRISEUR	COMMISᵗᵉ-PRISEUR
rue de Châteaudun, 17	rue Le Peletier, 32

Assistés de M. B. LASQUIN, Expert, rue Laffitte, 12

CHEZ LESQUELS SE TROUVE LE PRÉSENT CATALOGUE

EXPOSITION PUBLIQUE

*Le Mercredi 23 Avril 1890, de une heure et demie à cinq heures et demie
et le jour de la Vente de une heure à trois heures*

PARIS — 1890

CONDITIONS DE LA VENTE

La Vente aura lieu expressément au comptant.

Les Acquéreurs paieront CINQ POUR CENT en sus du prix d'adjudication, applicables aux frais.

L'Exposition mettant le Public à même de se rendre compte de l'état des Objets, il ne sera admis aucune réclamation après l'adjudication prononcée.

A. MAULDE et Cⁱᵉ, imprimeurs de la Compagnie des Commissaires-Priseurs.
rue de Rivoli, 144.   500—2661

DÉSIGNATION

— † —

TABLEAUX

BERGHEM (Nicolas

1 — Le Cavalier en promenade.

Un personnage qu'on présume être l'artiste lui-même, en costume élégant, feutre à plumes blanches, pourpoint à larges manches ouvertes sur la chemise, bottes à chaudron, monte un cheval bai.

Il fait avec sa cravache un signe à un valet qui court à sa suite, précédé d'un chien. Paysage campé de rochers surmontés de bouquets d'arbres.

Collection Van Loon.

Collection baron de Beurnonville.

Toile: H. 0^m90. L. 0^m72.

CHAMPAIGNE (Philippe de)

2 — **Le Christ au tombeau.**

La Vierge, Saint Jean et Marie-Madeleine devant le corps du Christ, soutenu par Saint Joseph et étendu sur la dalle du tombeau.

Toile : H. 0^m73, L. 0^m57

LINGELBALCH

3 — **Les Dunes de Schweningen.**

Sur la plage à marée basse, plusieurs bateaux sont échoués, un grand nombre de pêcheurs sont occupés près de leurs barques où se reposent sur le sable, près d'une cabane, des enfants à gauche, jouent dans des mares d'eau formées dans le pli du terrain.

A droite, un homme vu de dos, conduit une petite fille qui traîne un panier ; un cavalier monté sur un cheval blanc, parle à un groupe de paysans ; plus loin, une charrette se dirige vers la mer.

Beau tableau dans lequel certains connaisseurs ont cru reconnaître une œuvre de Jan Wouwerman, dont les peintures sont fort rares.

Toile : H. 1^m, L. 1^m26.

NATTIER (J.-M.)

4 — **Portrait de Mme la comtesse de X.**

Vue de face en toilette de soie blanche, robe décolletée, maintenue par une rangée de perles qui passe derrière le cou ; une voilette de gaze et quelques fleurs sont fixées dans ses cheveux légèrement poudrés.

Signé et daté 1739.

Collection du baron de Beurnonville.

Toile ovale : H. 0^m75, L. 0^m60

POUSSIN (D'après Nicolas)

5 — La Sainte-Famille.

La Vierge, Jésus, Saint Jean, Saint Joseph et Sainte Élisabeth, groupés aux pieds de deux grands arbres. Dans un paysage historique avec rivière et occupé par des constructions vers la droite.

Toile : H. 0^m95. L. 1^m25.

RIBÉRA (Jusepe dit l'Espagnolet)

6 — Saint Jean.

Assis sur un tertre au pied d'un gros arbre, le corps à demi couvert d'une peau de chameau et ayant près de lui une draperie rouge, et tient de la main droite la croix pastorale et est légèrement penché vers son agneau dressé debout contre lui, pour recevoir ses caresses.

Peinture de premier ordre dans l'œuvre du Maître, d'une très belle conservation et signée en toutes lettres : *Jusepe de Ribéra, espanol. F. 1632.*

Nous nous permettons d'appeler tout spécialement l'attention des amateurs et des directeurs de Musées sur ce superbe tableau.

Toile : H. 2^m65. L. 1^m55.

RUBENS (Attribué à)

7 — Madeleine en prière.

Vue à mi-corps, les mains croisées sur la poitrine, les regards élevés vers le ciel.

Très belle peinture, absolument digne du pinceau du Maître.

Cadre en bois sculpté.

Toile : H. 1^m. L. 0^m74.

ÉCOLE ITALIENNE (Du xviiie siècle)

8 — La Madone au lis.

La Vierge vêtue d'un manteau bleu, tient l'Enfant Jésus sur ses genoux, à droite Saint Joseph et un Ange tenant des tiges de lys, à gauche, Sainte Elisabeth prosternée et une figure allégorique de la Religion.

Derrière la Vierge, un Père de l'église et dans le haut le Père éternel apparaît dans une gloire d'anges. Une corbeille de fleurs est posée sur les dalles au premier plan.

Signature illisible et daté 1720.

Importante composition d'un brillant coloris.

Toile : H. 1m05. L. 1m33.

ÉCOLE FLAMANDE (Fin du xve siècle)

9 — La Vierge et Jésus.

La Vierge assise, recouverte d'un grand manteau rouge, tient des deux mains son divin enfant debout sur ses genoux.

Au bas on lit sur une plinthe l'inscription suivante : Felix es sacra virgo Maria et omni laude dignissima quia ex te ortus est sol justitiæ Cristus Deus nostris.

Bois : H. 1m04. L. 0m72.

ÉCOLE FLAMANDE

10 — Paysage accidenté, animé de figures.

BALLUE (M.)

11 — Réunion dans un parc (Forme ovale).

SCULPTURES

FRANCESCHI (Jules)

12 — Buste de Femme grandeur naturelle (marbre
blanc).

FRANCESCHI (Jules)

13 — La Fortune, statuette en terre cuite.

FRANCESCHI (Jules)

14 — Le Repos de Diane, groupe en terre cuite.

FRANCESCHI (Jules)

15 — Deux Bas-Reliefs en cire, sujets allégoriques.

D'ÉPINAY

16 — L'Amour joueur de crocket, statuette marbre
blanc.

D'ÉPINAY

17 — Baigneuse, statuette marbre blanc.

BRONZES D'AMEUBLEMENT

18 — Belle Pendule composée dans le style Louis XIV, en bois d'ébène et marqueterie de cuivre, ornée de volutes, de moulures, d'un mascaron et d'un groupe d'oiseaux, en bronze doré.

Elle est surmontée de deux figures en bronze vert, d'après Michel-Ange.

19 — Deux Candélabres formés chacun d'un groupe de trois enfants adossés, en bronze vert, supportant des cornes d'abondance et six branches porte-lumières, en bronze doré.

20 — Petite Pendule Louis XV et son socle de suspension, en vernis de Martin, décorée de fleurs et attributs pastoraux, sur fond rose, et de divers motifs en bronze doré. Cadran au nom de Robert Lainé.

21 — Deux Chenets de style Louis XVI, en bronze doré, formés chacun d'un vase placé au milieu d'une galerie et ornés d'une guirlande de feuillages.

22 — Deux petits Chenets de style Louis XVI, en bronze doré, modèle à vases, ornés de fleurs et feuillages.

23 — Deux Bras-Appliques du temps de l'Empire, com-
posés chacun d'une figure d'amour, en bronze
vert, supportant un couronnement à dix lumières, en bronze doré.

24 — Lustre Directoire, à huit lumières, en bronze doré,
avec cul-de-lampe en bronze bleui, supportant
trois statuettes; la tige formée d'une torche en-
flammée, les branches ornées de bustes et de
têtes d'aigles, reliées par des chainettes.

25 — Lustre à douze lumières, en bronze doré et cristal, les branches formées de rinceaux, fixés à
un cul-de-lampe et retenus par des chainettes
autour d'une tige en forme de vase. Fin
XVIIIe siècle.

26 — Grand Lustre à trente-six lumières, en bronze,
orné de pyramides et de plaquettes en cristal.

27 — Quatre Appliques à six lumières chacune, de
même style que le lustre qui précède.

28 — Lustre à trente lumières, en bronze doré garni, de
cristaux.

29 — Deux Lampes-Vases en porcelaine gros bleu,
montées en bronze.

MEUBLES

30 — Banquette d'antichambre, à dossier et deux acco-
toirs, en noyer sculpté, offrant sur deux panneaux anciens des médaillons ovales, représen-
tant le char de Neptune et des Tritons, réser-
vés dans des cartouches d'ornements.

31 — Grand Buffet de style Renaissance, en noyer
sculpté à cariatides et ornements. Le bas ouvre
à trois portes et le haut forme étagère à deux
tablettes, supportées par des balustres et un
fond formé de deux panneaux de rinceaux
Renaissance.

32 — Joli Guéridon de style Directoire à trois pieds
formés de colonnettes accouplées, supportant
une tablette d'entrejambe en bois de thuya et
un dessus en mosaïque de Florence à fleurs.

33 — Deux Meubles d'entre-deux, de *Tahan*, à côtés
cintrés, en bois de rose, richement garnis de
bronzes dorés, cariatides et ornements encadrant
des médaillons de porcelaine, décorés de sujets
pastorales d'après Boucher; dessus de marbre
blanc.

34 — Papeterie en laque du Japon à décor de figures
dans des paysages.

SIÈGES

35 — Riche Ameublement de Salon en satin bleu clair
broché, composé d'un grand Canapé à encoi-
gnures, un Canapé coin de feu, un Tête-à-
Tête à trois places et quatre grands Rideaux de
même étoffe.

36 — Meuble de Salon en satin marron broché, composé de :
Deux grands Fauteuils; deux Fauteuils cra-
pauds; deux Chaises; quatre Rideaux de même
étoffe.

37 — Canapé en satin noir capitonné, à fleurs et oiseaux
brochés en couleurs.

38 — Lit garni d'étoffe brochée marron avec sa literie.

39 — Tapis en moquette, Stores de fenêtres.

OBJETS DIVERS

40 — Groupe en biscuit, Nymphe et Amour.

41 — Porte-Bouquet cornet, en cristal sur pied en
bronze doré et émail cloisonné, orné de deux
figures d'enfants.

42 — Deux Vases tulipes en cristal de Bohème rouge,
gravé à sujet de chasse au cerf.

43 — Jardinière en terre laquée, à fleurs et oiseaux sur
fond aventuriné.

44 — Cache-Pot et son Plateau, en terre laquée, fond
vert.

45 — Jardinière en majolique, feuillages en relief sur
fond gros bleu.

46 — Deux Statuettes en plâtre, d'après Falconnet.

47 — Deux Reproductions en plâtre de Statuettes de
Tanagra.

RED. :

21

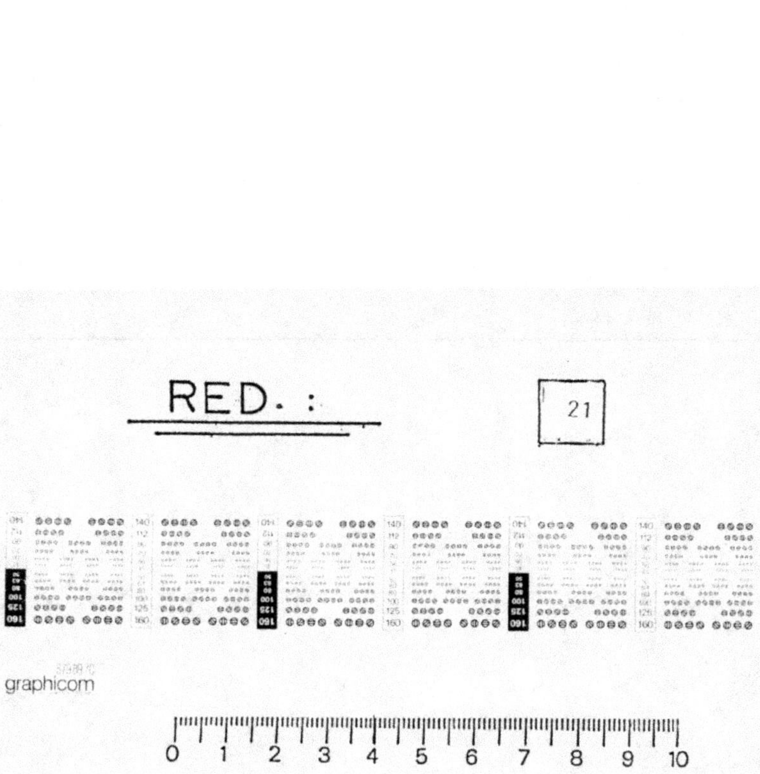

MIRE ISO N° 1

NF Z 43-007

AFNOR

Cedex 7 - 92080 PARIS-LA-DEFENS

graphicom

0 1 2 3 4 5 6 7 8 9 10

BIBLIOTHEQUE NATIONALE DE FRANCE

****

CHATEAU DE SABLE

1996